कल की थकान

कल की थकान

पवन करण

वाणी प्रकाशन

वाणी प्रकाशन
4695, 21-ए, दरियागंज, नयी दिल्ली 110 002

शाखा
अशोक राजपथ, पटना 800 004

फ़ोनः +91 11 23273167 फ़ैक्सः +91 11 23275710

www.vaniprakashan.in
vaniprakashan@gmail.com
sales@vaniprakashan.in

KAL KI THAKAAN
by Pavan Karan

ISBN : 978-93-87409-98-9
Collection of Poems

प्रथम संस्करण

मूल्य : ₹ 195

सिटी प्रेस, दिल्ली-110 095 में मुद्रित

वाणी प्रकाशन का लोगो मक़बूल फ़िदा हुसेन की कूची से

जिसकी स्मृति में मेरे
अच्छे-बुरे अड़तीस बरस बसे हैं
ग्वालियर के उस एक मोहल्ले
माधवगंज के लिए।

अनुक्रम

निशाना

किसी गली के अँधेरे में
चाकुओं से गुदी हुई
मिल सकती है मेरी लाश

मेरा घर किसी दिन
किया जा सकता है
आग के हवाले,
पड़ोसियों! मुझे माफ़ करना
जलते हुए घर की लपटें
घुस सकती हैं
आपके भी घरों में

बेटी! मुझे भूल जाना
मैं कह नहीं सकता
कि तुम्हारे साथ क्या हो जाये?

मैं बस इसलिए
उनके निशाने पर हूँ
कि उनके निशाने की
राह में अड़ा हूँ।

ताक़त

पहले मैं समझता रहा, ताक़त
मेरी जेबों में रहती है
जिसकी खनखनाहट लूटने
सब झपट पड़ते हैं

फिर मुझे लगा नहीं यह तो
मेरी बन्दूक में भरी है
सामने पड़ते ही जिसके
लगते हैं सब थरथराने

मुझे ऐसा भी लगा मुझे तो
मेरी ज़ुबान जन्म देती है
कहता ही नहीं कोई ग़लत
सब सिर झुका देते हैं

कितना ग़लत था मैं
जो मेरे पास था
वह ताक़त नहीं थी
ताक़त तो उनके पास थी
जिनके पास कुछ नहीं था।

फ़ोटो

ट्रेन के सामान्य डिब्बे में चढ़ने को
मारामारी करता हुआ
मेरा फ़ोटो कितना बदहवास

राशन की दुकान पर लाइन में
सिर झुकाए चुपचाप खड़ा
मेरा फ़ोटो कितना विवश

सरकारी अस्पताल में चिकित्सक की
बेसब्र प्रतीक्षा करता
मेरा फ़ोटो कितना बीमार

पानी के इन्तज़ार में आधी रात को
उठकर बैठ जाता
मेरा फ़ोटो कितना उनींदा

अख़बार के पहले पेज पर छपा
देश की संसद का फ़ोटो
तन्दुरुस्त और कितना रंगीन

संसद की सेहत के लिए
अपने हाथों में इसे उठाए
वोटर लाइन में खड़े मुझ
नागरिक की पहचान यह।

जब तक

मैं आपकी हाँ-में-हाँ मिलाता हूँ
मैं आपका सच्चा मित्र हूँ

मैं आपकी बात नहीं काटता
ये मेरे लिए अच्छा है

मैं आपसे सच नहीं कहता
मुझसे बढ़िया कौन होगा

मैं आपकी नाराजगी पहचानता हूँ
मैं सचमुच समझदार हूँ

जब तक मैं ऐसा रहूँगा
तब तक आपका मित्र रहूँगा।

लेना-देना

आगे चलकर जो मुझे ही दिखाने लगे आँखें
वह इज़्ज़त मुझे नहीं चाहिए

जो किसी दिन मेरे अपमान में बदल जाये
उस सम्मान को लेकर मैं क्या करूँगा

वह पुरस्कार जो किसी रोज़ यह कह दे
मेरी वजह से हो तुम, मेरे किस काम का

वह प्रशंसा जो किसी रोज़ मुझे दुत्कार दे बुरी तरह
उससे मेरी कैसी मित्रता

उस शाबाशी से क्या लेना-देना मेरा
जो एक दिन मेरे कन्धों पर ही बैठ जाये उचककर।

आपके साथ रहते

आप मेरे साथ थे तो मेरे लालच
अपना वज़न बढ़ाने लगे थे

आप मेरे संग थे तो मेरा लोभ ही
हराने लगा था मुझे

आपके साथ रहते लगा
हासिल किया जा सकता है सब

आपके संग लगता था
बहुत कुछ पा लूँगा मैं अब

आपके साथ रहते-रहते मैं
होने लगा था कितना ख़राब।

न

उन्हें न सुनने की आदत नहीं
और मुझे न कहना आता है

उनका कहना है न कहने से
छुड़ा लेना चाहिए मुझे पीछा

मेरा न कहने का यह साहस
नख़रे से ज़्यादा कुछ नहीं है

मेरे इस हौसले ने अब तक
न के अलावा क्या दिया मुझे

मैं न कहने से चिपका रहूँगा
क़दम-क़दम पर हारता रहूँगा।

बराबरी

आप मुझसे बेवजह डर रहे हैं
मैं आपकी बराबरी करने की नहीं सोच रहा हूँ

मेरी बात का यक़ीन कीजिए
मैं आपकी बराबरी कर सकूँ
ऐसा कुछ भी नहीं है मेरे पास

यह बात मैं जानता था
कभी मैं आपकी बराबरी करने की सोचूँगा
तो आपको बुरा लग जायेगा
इसीलिए मैंने कभी आपकी बराबरी
करने के बारे में नहीं सोचा

आप विश्वास करें या न करें
मगर यह सच है मैं कभी
आपकी 'बराबरी' करना नहीं चाहता।

यदि

मैंने किताबें नहीं पढ़ी होतीं
तो उन्हें बहुत अच्छा लगता

मैं शब्दों को नहीं पहचान पाता
तो उन्हें बेहद ख़ुशी होती

काग़ज़ पर अँगूठा लगाता
तो वे ख़ुशी के मारे उछल पड़ते

काग़ज़ पढ़कर देखूँगा
मैंने ये नहीं कहा होता
तो उन्हें ज़रा भी बुरा नहीं लगता

मैंने बिना पढ़े काग़ज़ पर
दस्तख़त करने से
मना नहीं किया होता
तो उन्हें ज़रा भी ग़ुस्सा नहीं आता।

किन्तु

मानने की जगह उनकी बात
जब मेरे मुँह से 'किन्तु' निकला
उनसे बरदाश्त नहीं हुआ

उन्होंने अपनी बात दोहराई
इस बार भी जब मेरी ज़ुबान ने
'लेकिन' कहा तो वह
बुरी तरह बौखला गये

गला फाड़कर चिल्लाते हुए
उन्होंने अपनी बात तिहराई
इस बार भी मैं 'मगर' कह सका

ग़ुस्से में उन्होंने जब कहा कि वे बस
हाँ सुनने के आदी हैं, तब भी
मेरे मुँह से 'जी' नहीं निकला

'किन्तु', 'लेकिन', 'मगर'
इन छोटे-छोटे शब्दों ने
उनकी हाँ सुनने की
आदत के सामने मुझे
'हाँ', 'जी' 'ठीक' तक नहीं बढ़ने दिया।

था, हूँ

तुम्हारे पास था तो तुम्हारा जूता था
जिसे पहनकर तुम नोकों पर भी
चलने से नहीं हिचकते थे

तुम्हारे पास था तो तुम्हारा चदरा था
जिसके हवाले तुम अपना
पसीना और बदबू करते रहते थे

तुम्हारे पास था तो तुम्हारे घर की
नाली था जिसे तुम अपनी
पेशाब और थूक से भरे रहते थे

जब तक तुम्हारे पास था, तो था
जब से तुमसे दूर हूँ, तो हूँ।

उससे पहले

उससे पहले मुझे अपनी छाती
गोलियों से छलनी होने से बचाना है

मुझे बचाना है अपने हाथों को
गँडासों से कटने से

मुझे अपने पैरों को टूटने से
बचाना है, राह पथरीली है

पता नहीं कब कौन मारा जायेगा
मुझे ख़ुद के मरने से पहले
उसे सिंहासन से नीचे धकेलना है

उसका झण्डा उतारकर फेंकना है।

लड़ना

मुझे उन सबकी ख़ूब याद आती है
जिन्होंने मुझसे कई बार कहा
कि मुझे लड़ना चाहिए

मैं उन सबको कभी भूल नहीं पाता
जो मुझसे हमेशा कहते रहे कि मुझे
लड़ने से डरना नहीं चाहिए

मैं उनसे माफ़ी माँगना चाहता हूँ
जिन्होंने मुझसे कहा कि मैं ही
नहीं लड़ूँगा तो फिर कौन लड़ेगा

मैंने उनकी मानी होती
तो मैं भी लड़कर हारा होता।

क़सूर

मेरा दोष इतना था कि मैंने
झूठ को सच कहा

इतनी ग़लती थी मेरी कि मैंने
सही को कहा ग़लत

इतना अपराध था मेरा
मैंने जुर्म को नहीं बताया जुर्म

मैं ये क़सूर नहीं करता
तो क़सूरवारों में
कैसे शामिल हो पाता?

अपने भीतर

मुझे उस सूरज की तलाश है
जिसने उसमें आग भरी है

मुझे उस लोहे का पता चाहिए
जो उसके .ख़ून में बहता है

मैं उस धातु की खोज में हूँ
जिससे उसकी भाषा बनी है

मैं उस मिट्टी को ढूँढ़ रहा हूँ
जिसने उसे मज़बूती से गढ़ा है

मुझे लगता है मैं एक दिन ज़रूर
उसे अपने भीतर पा लूँगा।

पुलसरात*

तुम्हें इसे पार करने की कोई ज़रूरत नहीं
कोई ज़रूरत नहीं तुम्हें इसके होने
और न होने के बारे में सोचने की

किसी ने बताया भी नहीं आज तक
कि वह लकड़ी का बना है या पत्थर का
और उसे कितने दिनों में
कितने मज़दूरों ने बनाया है मिलकर
और कितनी उम्र है उसकी

किसी ने नहीं कहा आज तक कि वह
पार करके आयी है उसे और इस तरह
वाकयी में कर लिया उसने नरक पार
और उसके जीवन में नरक जैसा अब कुछ नहीं

नरक पार होता नहीं फिर भी तुम करना ही चाहती हो
तो ऐसा करो मुझे पार कर लो

तुम्हारा नरक मैं ही हूँ, मुझे पार कर लेना
तुम्हारा नरक पार कर लेना होगा
पुलसरात पार कर लेना होगा।

---

* पुलसरात इस्लामी विश्वास में वह पुल जो नरक को पार करने के लिए बना है।

शुभारानी*

कोई ढाई हज़ार साल बाद
जंगल से गुज़रा
तो मुझे वहाँ ज़मीन पर
पड़ी मिलीं तुम्हारी आँखें

मेरे पूछने पर उन्होंने
मुझे बताया कि कभी वे
तुम्हारी आँखें थीं
और अब वे बस
एक स्त्री की आँखें हैं

साथ ही उन्होंने मुझसे
यह भी पूछा
कि क्या में बुद्ध या आनन्द
दोनों में से कोई नहीं हूँ
जो मैं उन्हें
बिलकुल नहीं पहचानता

वह बोलीं ज़रा गौर से देखो
यहाँ इस जंगल में
जिसे तुम दुनिया कहते हो

---

* शुभारानी एक प्रमुख बौद्ध भिक्षुणी थी जिसने संसार के प्रलोभनों से बचने के लिए अपनी आँखें निकाल दी थीं।

मुझ-सी स्त्रियों की
अनेक आँखें पड़ी हैं

सदियों पुराने इस जंगल में
पुरुषों के कहने पर
हम स्त्रियाँ इस तरह
अपनी आँखें निकालकर
फेंकती आयी हैं।

सुमन*

तुम बताओ सुमन! तुमने कामलोक
क्या बस ब्रह्मलोक पाने के लिए जीता
क्या ब्रह्मलोक कामरहित था

तुम-सी अनिंद्य सुन्दर राजकुमारी
इतनी कम उम्र में चलकर
बुद्ध की डगर चल पड़ी जीतने काम
और उसे आख़िरकार मानी जीतकर

सुमन! क्या तुम वास्तव में
जीत सकीं काम? क्या वो बहने को
बेताब कसमसाता नहीं रहा
तुम्हारी जाँघों के बीच?

नहीं कुलबुलाता रहा तुम्हारे स्तनों में?
नहीं फड़कता रहा तुम्हारे होंठों पर?

रात के अँधेरे में तुम्हें रति मानकर
तुम्हें दुलराने का उसने
कोई मौक़ा नहीं छोड़ा
ये बात तो सबसे पुरानी
भिक्षुणी के नाते बस तुम ही जानती हो।

---

* बौद्ध भिक्षुणी सुमन जिसके बारे में कहा गया कि उसने कामलोक को जीतकर ब्रह्मलोक को हासिल कर लिया।

विदूभ*

दासी-पुत्र होने के बाद भी
दासों और इस कुप्रथा को लेकर
तुम्हारे मन में कितनी पीड़ा थी
इसे जानने का तुमने .ख़ुद को भी
अवसर नहीं दिया विदूडभ

तुम कौसल पाना चाहते थे
जिसे तुमने पा भी लिया
मगर वार्ष भक्षत्रिया-पुत्र होकर
प्रसेन-पुत्र होकर
कौसल नरेश कहलाने की
छटपटाहट तुम्हारे भीतर बनी रही

.ख़ुद के दासीपुत्र होने की
चुभन को तलवार में बदलकर
तुमने कपिलवस्तु
शाक्यविहिन कर डाली

---

* विदूडभ—कोसलराज प्रसेनजित का दासी-पुत्र जिसने दीर्घकारायण से बुद्धगृह में गये प्रसेनजित के मुकुट, खड्ग आदि राजचिह्न प्राप्त कर कौसल हासिल किया और अपने पिता प्रसेनजित को अजातशुत्र के यहाँ जाकर मगध में मरने को विवश कर दिया।

जिसके चलते अपमान की
सबसे बदतर स्मृति में
बदलकर रह गया
तुम्हारे लिए ननिहाल

दासीपुत्र होने की वह पीड़ा
तुम्हें कभी दास होने की
पीड़ा से छोटी नहीं लगी।

लख-चुम्बी*

किस रोज़ तुमने कितनी स्त्रियों को भोगा
इसका लेख तुमने .ख़ुद लिखा या फिर
किसी से दर्ज करवाया बहीखाते में

राजन इस संख्या को देखते हुए
तो लगता है कि तुम राजदरबार
और युद्ध के मैदान की जगह
हमेशा अपने हरम में ही घुसे रहे

और राजमहर्षि! तुम अपनी बताओ
राजा की तर्ज पर तुम किस तरह
अपनी एक लाख स्त्रियों को
भोगते जाने की संख्या रख पाये याद

तुम्हारा सब समय तो वेदों को
पढ़ने की जगह जाँघों के नीचे बढ़ती जाती
इन स्त्रियों की संख्या को ही
याद करने में निकल जाता होगा

मयान में तलवार और पोथियों में
ज्ञान की जगह वीर्य भरे रहने वाले

---

*लख-चुम्बी—लाख स्त्रियों को भोगने वाला।

राजन! मैं उन लाख-लाख स्त्रियों की ओर से
जिन्हें लख-चुम्बी कहलाने की होड़ में
अनवरत भोगा तुमने, तुम्हारे और तुम्हारे
राजमहर्षि के मुँह पर थूकता हूँ।

हुमा*

मैं ऐसा बादशाह नहीं बनना चाहता
जिसका हर क़दम
अपने हरम की तरफ़ उठता हो

मुझे ऐसी बादशाहत पसन्द नहीं
जिसका हर कोना
षड्यन्त्र करते फुसफुसाता हो

मुझे ऐसी बादशाही नहीं चाहिए
जिसकी तलवारें हमेशा
गरदनों की तरफ़ लपकती हों

तुम्हारा चेहरा जिसके
सिक्कों पर ख़ुदा हो
तुम्हारी चोटी के रिबन से
बना हो जिसका झण्डा
तुम्हारी खिलखिलाहट
मोहर की तरह चलती हो जिसमें

तुम्हारा दिल यदि ऐसा मुल्क है
मुझे उसकी तख़्तनशीं क़बूल है।

---

* हुमा एक ख़याली चिड़िया जिसके बारे में कहा जाता है कि वह जिसके ऊपर बैठ जाये, वह बादशाह बन जाता है।

क़सूरी ख़ुराक*

अपने लिए ये सज़ा मैंने .ख़ुद चुनी है
क़ुसूर भी मेरा ही था

अपने दिन-रात में मैंने ही बदले हैं
.ख़ुद को बेसुरा किया है मैंने ही

दौड़कर दूर से फूल तोड़कर
तुम्हारे क़दमों में रख देने वाले
अपने पैरों को मैंने .ख़ुद ही तोड़ा है
उस हथोड़े का कोई दोष नहीं

अब यह घिसटन कभी मैं इसे
कभी ये मुझे घसीटती है
दीवार से गिरकर ज़मीं पर टूटती
तुम्हारी तस्वीर को
मैंने लपकने की कोशिश नहीं की

ज़िन्दगी रोज़ मुझे इसी शक्ल में मिलती है
और मुझे इसे एक साँस में गटकना होता है।

---

* क़सूरी ख़ुराक : कारागार में अराजक क़ैदी को सज़ा के तौर पर खाने के लिए पानी में आटा घोल. कर दिया जाता है जिसे क़सूरी ख़ुराक कहा जाता है।

तौबा शिकन*

अब कभी कोई दिल को अच्छा न लगे

कोई दिल को अच्छा न लगे
तो किसी से प्यार न हो

कभी किसी से प्यार न हो
प्यार न हो तो नहीं करनी पड़े
किसी की प्रतीक्षा

नहीं पड़े किसी से रूठना
नहीं पड़े किसी को मनाना
साथ जीने-मरने की
नहीं खानी पड़ें क़समें

नहीं पड़े हमेशा के लिए बिछुड़ना
प्यार को नहीं बताना पड़े बुरा
कभी प्यार न करने का
नहीं करना पड़े निश्चय

किसी तौबा शिकन से अब न हो कभी सामना।

---

*तौबा शिकन—अति सुन्दर जिसके लिए प्रण त्यागना पड़े।

एक्का ओफना*

ये भेद करना बड़ा कठिन है
कि हमने जीने के लिए प्रेम किया
या मरने के लिए

हम प्रेम कर रहे होते तो जी रहे होते
हम प्रेम कर रहे होते तो मर रहे होते

प्रेम करते हुए ही हमने जाना कि
प्रेम से विषैली कोई मिठास नहीं

प्रेम भरे दिन से ज़्यादा
रात भी नहीं अँधेरी

प्रेम में बिछुड़ने की तरह था एक्का ओफना
जिसे एक-दूसरे की हथेलियों पर रखकर
अपनी-अपनी जीभों से चाटना पड़ा हमें।

---

* एक्का ओफना–18वीं शताब्दी में सफ़ेद शीशा और संखिया मिला बेहद प्रचलित विष जिससे वात ज्वर होता और खाने वाला धीरे-धीरे मर जाता।

चोटी

मैं मन में सोचता इसके लम्बे बालों की
कितनी क़ातिल चोटी गुँथती है

कमर के नीचे तक गुँथी जब यह
तुम्हारी पीठ के नीचे दब जाती
मुझे बहुत चिढ़न होती

जितनी देर तक वह
नीचे दबी रहती, मैं बेचैन बना रहता
सोचता कि पीठ के नीचे उसका
दम घुट रहा होगा

तुम्हें हमेशा यही लगता कि
मैं तुम्हें देख रहा हूँ मगर
जब तुम इसे बना रही होतीं
तब मैं तुम्हें नहीं
तुम्हारे हाथों इसे बनते देखता

मेरी इस बात पर तुम हँस देतीं
जब मैं तुमसे यह कहता कि
जब तुम मुझसे दूर जाया करो
अपनी चोटी पीछे कर लिया करो
जब पास आया करो तो सामने

तुम तो प्यार से इससे
काम लेना ही भूल गयी
कितने दिन हुए तुमने
अपनी चोटी का सिरा
अपने हाथों में पकड़कर उससे
मेरे चेहरे को नहीं थरथराया

तुमने इसे हँसते हुए .ख़ुद
न तो मेरे गले में फन्दे की तरह डाला
और न ही मुझे कभी डालने दिया

और मैं कहते-कहते थक गया
मगर तुमने कभी मुझे
अपनी इस एक चोटी में से
दो चोटियाँ बनाकर नहीं दिखाईं।

मैं क्या-क्या हूँ

दीपावली पर सबकी आँखों में
धूल झोंकता, तुम्हारे घर में,
तुम्हारे एक़दम नज़दीक मैं क्या हूँ

मैं वो मीठी गुझियाँ हूँ
जिन्हें तुमने अपने हाथों
बड़े जतन से गोंठा है

मैं वो नमकीन पपड़ियाँ हूँ
जिन्हें बेलते हुए कई बार
तुम्हारे हाथ भर आये
और तुम्हें सुस्ताना पड़ा

मैं गर्म चाशनी में डूबकर
बाहर निकला शकरपारे का
थाली में लगा वो ढेर हूँ
जिसे बनते ही खाना
शुरू कर दिया है सबने

मैं तुम्हें क्या-क्या बताऊँ
कि मैं क्या-क्या हूँ
अब देखो, मठरी के लिए
जो मैदा इस वक़्त
तुम माँड रही हो वह भी मैं ही हूँ।

घूरे के दीये

तुम मुझे जलाकर अपने घर के
आँगन में रखोगी
तो आँखों में आँसुओं को छुपाती
तुम्हारी माँ आयेगी
और मुझे बुझा देगी

तुम मुझे अपने घर की मुँडेर पर
जलता हुआ छोड़ोगी
तो अपनी बेचैनी दबाते
तुम्हारे पिता आयेंगे और मुझे
बुझाकर दूर फेंक देंगे

तुम मुझे अपने घर के
दरवाज़े पर जलाओगी
तो ग़ुस्से में तुम्हारा भाई आयेगा
और मुझे पैरों तले
रौंदकर रख देगा

तुम्हारे जलाने पर मैं
बुझना नहीं चाहता
तो तुम ऐसा करना मुझे
जलाकर बाहर घूरे पर रख आना

लोगों ने भले ही इनके बारे में
कोई कथा गढ़ ली हो
मगर अमावस की रात घूरों पर
जलने वाले दीये, दीये नहीं
हम जैसे कई प्रेमी हैं जिन्हें
उनकी प्रेमिकाएँ जलाकर रख गयी हैं।

खिलौना

क्यों न खिलौना बन जाऊँ
फिर पलक झपकते ही सबसे
नज़दीक होऊँ तुम्हारे
इतने जितना .खुद के नज़दीक तुम .खुद

फिर न मैं टूटूँ न फटूँ
न खोऊँ और नहीं पड़ूँ पुराना
ख़राब होने का तो प्रश्न ही नहीं

फिर तुम्हारी कितनी चूमें और भींचें
हो पास मेरे मगर इसके बावजूद
चाहत यही कि तुम चिह्न लो मुझे

मेरे खिलौना होने का तब क्या मतलब
जो तुम पहचानों नहीं और
अपने पास से दूर भी न होने दो।

कड़वी

तुमने मुझे कड़वी क्यों कहा
और ये भी कि तुम्हें मेरी कड़वाहट पसन्द है

कड़वी हो तभी तो तुम्हें कड़वी कहा
मीठी होती तो मीठी न कहता

अच्छा चलो मान लेती हूँ
कि मैं कड़वी हूँ मगर मुझे कैसे
पता चलेगा कि मैं कड़वी हूँ
मैं तो .ख़ुद को मीठी समझती हूँ

.ख़ुद का स्वाद जानना चाहती हो
तो ऐसा करो मेरी जीभ से
.ख़ुद को चखकर देखो

और मेरी जीभ तुम्हें कैसे चखती है
ये तो तुम्हें पता है न।

तुम्हें प्यार करने के लिए

मैं जब कपड़े धो रहा होता हूँ
मैं जब दाढ़ी बना रहा होता हूँ
मैं जब अफ़सर की डाँट खा रहा होता हूँ
मैं कहीं लाइन में लगा होता हूँ
तब भी तुम्हें प्रेम कर रहा होता हूँ

तुम अच्छी तरह जानती हो
मेरा सड़क पर अपनी टूटी चप्पल जुड़वाना भी
तुम्हें प्यार करना ही है

फिर भी तुम यही कहती हो
मैं तुम्हें प्यार नहीं करता

तुम्हें प्यार करने के लिए क्या मेरा
बस में रोज़ाना धक्के खाना काफी नहीं है।

जवाब

हमारे हाथ एक-दूसरे के
हाथों के घर हैं
अब वे अपने लिए बने
घरों में नहीं रहेंगे
तो कहाँ जाकर रहेंगे

हमारे चेहरे
एक-दूसरे के चेहरों के लिए
बने घोंसले हैं
अब वे उनमें नहीं चहचाएंगे
तो कहाँ चहयाएंगे

हमारे शरीर
एक-दूसरे के शरीर में
दहकने के लिए ही जले हैं
अब वे एक-दूसरे में
नहीं सुलगेंगे
तो फिर कहाँ सुलगेंगे

बताओ हमारी बात का
आपके पास कोई जवाब है!

इसका मतलब यह नहीं

मैं तुमसे बस एक बार मिलूँ
तुम्हारा कहना था कितना
मैं तुमसे कभी नहीं मिली

तुम चाहते थे बस एक बार
बात करूँ मैं तुमसे
मैंने तुमसे कभी बात नहीं की

समझते हुए भी
मैंने नहीं समझा
तुम्हारे किसी इशारे को

नहीं दिया तुम्हारे
किसी ख़त का जवाब

इसका मतलब यह नहीं
कि मैंने तुमसे प्यार नहीं किया।

दिल

इस आदमी के भीतर रहते हुए
अपनी-अपनी चलाना मेरी आदत में
हमेशा रहा शामिल

ये आदमी मुझे बहुत समझाता
करता मुझे रोकने की बहुत कोशिश
मगर मैं नहीं मानता

जब मैं इसकी नहीं मानता तो ये
मेरी मानकर लग जाता वो करने
जो मैं कहता इससे

तब ये तो होना ही था
एक दिन मेरी ख़ातिर इसने
खाया ऐसा ठेवा कि
अपने साथ-साथ इसे भी
तोड़कर रख दिया मैंने

मैं आपसे कहना चाहता हूँ
कि इस भलेमानुष से कोई
कुछ न कहे
इस दशा के लिए इसकी
ज़िम्मेदार मैं और बस मैं हूँ

और यह भी कि यदि
आपके भीतर रहता मैं
कभी अपनी-अपनी चलाऊँ तो
पहली बार में ही मेरे गाल पर
दो झापड़ रसीद कर दे।

क्या तुम्हें पता है

दोनों हाथों से बहुत सँभालकर
थाली उठाता हूँ,
तब भी थाली में भरा पानी
हिले बिना नहीं मानता
पानी हिलता है, तो हिलती हो
पानी में दिखाई देती तुम

थाली के पानी में जब मुझे
एकटक देखती हुई तुम्हें,
चुप्पी साधे बैठी हवा भी
पानी को नहीं चाहती हो हिलाना
तब मुझ से ही नहीं रहा जाता

मैं ही अपनी हथेलियों से
पानी थपथपा देता हूँ
मेरी इस छेड़ पर
हवा की तरह पानी में
चुप नज़र आती तुम
कँपकँपा उठती हो

क्या तुम्हें पता है
आँसुओं से भरी आँख की थाली में

चाँद-सी दिखाई देतीं तुम्हें,
पाने को बच्चे की तरह मचलते
अपने दिल को हर रात
मैं किस तरह मनाता हूँ।

प्रेम फीका पड़ रहा है हमारा

दुनिया की विशेषताओं में जाओ
और वहाँ से ढूँढ़कर लाओ
नयी तुलनाएँ और वे बराबरियाँ
जो होड़ कर सकें मेरी
जानूँ तो सही मैं अब भी
तुम्हारी जिज्ञासा हूँ कि नहीं

दुनिया भर की भाषाओं में पहुँचों
और उनमें से खोजकर
अलंकार और वे उपमाएँ लाओ
जो नया शृंगार कर सकें मेरा
देखूँ तो सही भाषा के सुनार
मुझ-सी स्त्रियों के लिए
कैसे ज़ेवर गढ़ते हैं

दुनियां के ख़ज़ानों में से ढूँढ़कर
धरती पर गिरकर या खीसों में
टकराकर जन्म लेतीं
दुनिया के ख़ज़ानों में छिपीं
उन मुद्राओं की आवाज़ें सुनो
जो खनक को
पराजित कर सकें मेरी
मैं भी तो सुनूँ मेरे कहन की

धार ज़्यादा पैनी है
या धातुओं का सिक्कों में बजना

प्रेम फीका पड़ रहा है हमारा
जाओ और दुनिया की खोह से
खोजकर कुछ ऐसा लाओ
जो मेरे साथ-साथ
तुम्हें भी नया कर दे

मैं जब भी तुमसे यह कहती
तुम अपने भीतर से मुझे
दाँतों तले उँगली दबा लेने की
हद तक चकित करती
मेरे लिए लिखी कोई कविता
निकालकर मेरे जूड़े में खोंस देते।

कुमारित्व का कमरबन्द

वह अपनी कमर पर उसकी जकड़
ज़रा ढीली नहीं पड़ने देती
वह चाहती उसके नाख़ून घेरे पर गपे रहें

उसे उसकी कमर में धसे
जो भी देख सका बमुश्किल,
नहीं रह सका बिना मुस्कुराये

आख़िर मन जो रचता है भीतर
हाथ पकड़कर उसका
नहीं रोका जा सकता किसी तरह

जो भीतर ठहरे बनाता जाता है
जगह .खुद के रिसने की
कैसे किया जा सकता है उसका मुँह बन्द

एक बार जब उसने .खुद से
इस बारे में पूछा तो
उसे .खुद से जवाब मिला

या तो किसी दिन कोई इसे तुम्हारी
कमर से उतारकर फेंक देगा
या फिर तुम .ख़ुद
इसे किसी के गले में
अपनी बाँहों की तरह पहना दोगी।

---

* एकान्त के सौ बरस : उर्सुला इस बात को लेकर शंकित होती है कि कहीं फर्नादों ने कुमारित्व का कमरबन्द तो नहीं बाँध रखा।

कौस्तुभ-मणि[1]

मुझे पाने के लिए इतना झूठ क्यों बोलते हो
क्यों कहते हो मुझसे कि तुम मुझे
तारों की बारिश में भीगने से
चाँद की छतरी लगाकर बचा लोगे

कि तुम मुझे मेरे लिए कोटिबेधी-रस[2]
सिद्ध करके दिखा दोगे
मैं जानती हूँ कि प्रेमिका के हाथों में
अक्षय-बटुआ[3] थमा पाना
किसी प्रेमी के लिए सम्भव नहीं

इसके बाद भी तुम एक कृपा-कटाक्ष
पाने के लिए मेरा, मेरे लिए आसमान में
हवाओं की रस्सियों का झूला डालते रहते हो

सुनो, अच्छा एक काम करो कुछ मत बोलो
और हमेशा की तरह मुझे
एक बार फिर से प्यार करो झूरकर

फिर मैं एक बार फिर से दोहराती हूँ
कि जिस दिन कोई प्रेमी अपनी प्रेमिका के लिए
कौस्तुभ-मणि ले आयेगा, उस दिन
प्रेमियों के बीच प्रेम हमेशा के लिए मर जायेगा।

---

1. कौस्तुभ-मणि : समुद्र मन्थन में अमृत और विष के साथ मिली वह मणि जिसके बारे में कहा जाता है कि उससे मन-माँगी मुराद पूरी होती है।
2. अक्षय-बटुआ : जो हमेशा धन से भरा रहता है।
3. कोटिबेधी रस : जिसके सिद्ध होने पर संसार रोग, शोक और मोह से मुक्त हो जाता है।

क्षीबा[1]

मैं तुम्हें क्षीबा कहकर पुकारूँ

क्यों? इससे पहले तुमने मुझे जो नाम
दे रखे हैं, वे क्या कम हैं
जो मुझे पुकारने के लिए
एक नाम और ढूँढ़ लाये तुम

क्या करता इससे पहले इस नाम से
मेरा परिचय ही नहीं था
होता तो मैं तुम्हें
छीबा कहकर ही पुकारता

और उस समय तो तुम्हें
छीबा कहकर पुकारने का मज़ा
सौ गुना हो जाता जब हम
साथ बैठकर कूमीस[2] पी रहे होते

तो जब हम कूमीस पी रहे होते
तुम मुझसे साली-कमीनी
इतनी ज़्यादा मत पी
चढ़ जायेगी, कहने की जगह
क्षीबा ज़्यादा मत पी कहते

हाँ और क्या यही कहता

अच्छा तो फिर क्या है
आज से ही सही आज से तुम
पीकर लड़खड़ाती हुई मुझे
इसी नाम के हाथों संभालना

और सिर्फ़ इतना ही नहीं
मुझ क्षीबा के बहकते होंठों पर
हर बार की तरह अपने
इन कूमीस होंठों को
रखना भी मत भूलना।

---

1. क्षीबा : कान्यकुब्जों (कन्नौजियों) की बोली में मद्यपान करने वाली स्त्रियों को क्षीबा कहा जाता है।
2. कूमीस : घोड़ी के दूध से बनने वाली मदिरा।

सवट्टा*

जब तुम मुझे प्यार कर रहे होओगे
अपने ऊपर झुके तुम्हारे सिर के बालों में
अपने हाथ की उँगलियाँ घुमाते हुए
मैं तुम्हें सवट्टा कहकर पुकारूँगी

सवट्टा कहकर क्यों पुकारोगी
इसका अर्थ भी तो बताओ
अच्छा तुम सवट्टे का अर्थ नहीं जानते
चलो, फिर तो यह और भी मज़ेदार है

तो जिसे मैंने अपने लिए तुम्हारे मुँह से
बहुत सुना, वह आज मैं तुमसे कहती हूँ
कुछ पढ़ा-लिखा करो जनाब
ताकि कुछ शब्दों से परिचय होता रहे
लेखक का अनपढ़ होना अच्छा नहीं

अच्छा छोड़ो, यह सोचो कितने दिन हुए
तुमने मुझे सौत कहकर नहीं पुकारा
जिसे तुम्हारे मुँह से अपने लिए सुनकर
तुम्हारे ऊपर फूलों लदी डाल-सी
झुकी मैं तिलमिलाहट से भर जाती

---

* सवट्टा : पुरुष सौत।

मगर तुम्हारे प्यार ने उस तिलमिलाहट को
थककर हाँफती थरथराहट में बदल दिया

इस हद तक कि मुझे लगने लगा
मैं तुम्हें अपना बना भी लूँ तब भी
मैं पुकारी उसी नाम से जाऊँगी

मगर अब मैं ही किसी के लिए सौतन नहीं
किसी के लिए तुम भी सवट्टे हो।

हक़

मैंने अपनी पसन्द के पुरुष को प्रेम-पत्र लिखा
तुमने मेरी पढ़ाई बन्द करवा दी

मैं अपनी चाहत के पुरुष से छिपकर मिली
तुमने घर के दरवाज़ों में क़ैद कर दिया मुझे

मैंने अपनी इच्छा के पुरुष से
प्रेम-विवाह करने को कहा, तुमने कोशिश की
मेरी-ज़ुबान पर ताला डालने की

मैंने तुम्हारी इच्छा के ख़िलाफ़ जाकर अपना ब्याह रचाया
तुमने मेरे साथ-साथ उसे भी मार डाला
या फिर मुझे मरा मान लिया हमेशा के लिए

यहाँ तक तो ठीक कि तुमने मुझे मरा मान लिया
मगर मुझे मरा मानने के साथ-साथ
तुमने वो रुपया-पैसा भी अपने पास रख लिया
जो तुम्हारे चुने पुरुष से ब्याह करने पर
मेरे विवाह में ख़र्च करने वाले थे तुम

तुम भले ही मुझे मरा मान लो
और कभी मेरा चेहरा न देखो
मगर उससे पहले मेरे हिस्से का पैसा तो मुझे दो

मेरे पूछने पर तुम्हीं तो कहते थे
हम अपने हक़ के लिए लड़ते आये हैं

प्रेम पर मेरा हक़ था तो पैसे पर भी तो मेरा हक़ है
क्या मुझे अब इसके लिए भी लड़ना पड़ेगा।

तब तुम क्या करोगे

हमने इस बार भी एक-दूसरे को .ख़ूब प्रेम किया

एक-दूसरे को एक-दूसरे में
इस क़दर घोल लिया
कि हमारे अलग-अलग रंग
उस घोल में घुलकर एक रंग हो गये

एक-दूसरे को एक-दूसरे के भीतर
इस हद तक खींच लिया हमने
कि हर बार की तरह एक बार फिर
हमें बाहर निकलने का रास्ता ही
नज़र आना हो गया बन्द

एक-दूसरे पर सुस्ताते हुए मैंने उससे कहा
अच्छा तुमसे एक बात पूछूँ
मेरे बग़ल में निढाल उसने कहा पूछो

मैंने कहा, अच्छा ये बताओ
ऐसे में यदि मेरा पति यहाँ आ जाये
और मुझे तुम्हारे साथ देखकर
वह तुमसे कहे
अब इसे तुम अपने साथ ही ले जाओ
तब तुम क्या करोगे?

पितृसत्ता*

मैं सुन्दर नहीं हूँ मैं जानती हूँ

मैं जानती हूँ अपने बेटे के लिए
बहू के रूप में वे मुझे नहीं चुनेंगे

मैं काली हूँ और वे
अपने बेटे के लिए
एक़दम गोरी बहू चाहते हैं

उनका मुझे पसन्द करने का
प्रश्न ही नहीं उठता
क्योंकि मैं ठिगनी हूँ
और वे अपने बेटे के लिए
लम्बे क़द की बहू लाना चाहते हैं

और ख़ूब ढूँढ़ने के बाद
जब उन्हें अपने बेटे के लिए
अपनी पसन्द की
बहू मिल जायेगी

वे जीते-जी
अपने बेटे की देह में समा जायेंगे।

---

* पितृसत्तामक अवधारणा कहती है कि पिता मरने के बाद भी अपने द्वारा अर्जित सम्पत्ति बेटे के रूप में भोगता है। क्या यह केवल सम्पत्ति तक ही सीमित रहता है?

तारकोल*

मैंने अपने कुँआरेपन को अब भी बचाकर रखा है
मैं उन्हें यह विश्वास कैसे दिला पाऊँगी

कि कहीं उन पर किसी के थूक का स्वाद तो नहीं
विश्वास करने के लिए उनमें से कोई
क्या मेरे होंठों को देखेगा अपने होंठो से चूमकर

क्या कोई अकेले में या सबके सामने
मुझे खोलकर या मुझ पर हाथ फेरकर देखेगा
और सिर्फ़ इतने से मेरा
कुँआरा होना और न होना भाँप लेगा

या वह गिरिजाघरों में पैसा लेकर
पापमुक्त होने के प्रमाण-पत्र बाँटते
पादरियों से भी आगे बढ़ जायेगा

जब तक घर के भीतर रहूँगी
इस डर से सड़ती रहूँगी
कि कोई घर के दरवाज़े पर तारकोल न पोत जाये।

---

* तारकोल : क्रान्तिपूर्व रूस में जिस लड़की पर विवाह से पहले तक कुँआरी नहीं रहने का सन्देह होता था। उसके घर के दरवाज़े पर तारकोल पोत दिया जाता था।

ऐलन बेज़ूखोब*

क्या मैं एक साथ दो पुरुषों से विवाह नहीं कर सकती
जब उसने ये प्रश्न सबके सामने रखा टॉल्सटॉय चौंक गये

उनकी गढ़ी नायिकाओं में से कोई कभी
ऐसा सोच सकती है, उन्हें उम्मीद न थी

आन्ना का कारेनिन को तलाक़ न देना
और ब्रोंस्की के संग रहना दो पुरुषों का साथ नहीं था

ऐलन और आगे बढ़ जाना चाहती थी
वह अपने रूपरथ को अपनी पसन्द के
दो पुरुषश्वों को खींचते चाहती थी देखना

वह ख़ुद से आन्ना की तरह पटरियों पर
दम तोड़ते हुए नहीं चाहती थी मिलना

मगर टॉल्सटॉय की कलम से निकली स्याही
उसके फेफड़ों में तपेदिक बनकर बिखर गयी

आश्चर्य! जो नायिका टॉल्सटॉय की सोच से
बाहर निकलकर सोचने लगती मारी जाती।

---

* ऐलन बेजुखोब : युद्ध और शान्ति प्येर बेजुखोब की पत्नी।

डर

जब उससे कोई कहता
प्रेम करना ख़ुद का सिर
पत्थर पर दे मारना है
वह डर जाती

वह पढ़कर डर जाती
ऐसी सड़क है प्रेम
जिस पर चलते हुए पैर
जाड़े में भी जलते हैं

वह डरती कि प्रेम को
हर वक़्त करना
और हमेशा
छुपाना पड़ता है

प्रेम को लेकर डर
डराता रहता उसे

डरते-डरते उसने
प्रेम किया
डरते-डरते उसने
डरना छोड़ दिया.

उसे यह तक
याद नहीं अब कि कभी
प्रेम करते वह
डरती थी कितना

याद नहीं कि डर
उसे अकेला
छोड़कर कब
चला गया किधर।

उड़ान

घर को लगता रहा कि वह चुपचाप बैठी है
घर नहीं जान पाया कि वह उड़ रही है

बैठे-बैठे उसके पर निकल आये हैं
घर नहीं देख पाया यह

वह दूर-दूर तक उड़ आती
और घर को पता नहीं चलता

उसके लिए एक और घर तलाशता घर
उसे चुपचाप रहता देख होता ख़ुश

जिसे उसने ख़ुद सीखा
उसके बल पर एक दिन वह
ऐसी उड़ी कि फिर नहीं लौटी

जो घर स्त्री की उड़ान को
नहीं पहचानते
उनसे उड़कर जाने वाली स्त्रियाँ
कभी वापस नहीं लौटतीं

आकाश छूकर
बस उनकी उड़ान लौटती है।

चलना

उसे एक जगह बैठकर रह जाना नहीं
चलना आता था

उसे चलना आता था इसलिए उसे
रास्ते की तलाश थी

उसे रास्ते की तलाश तो थी
लेकिन मंज़िल की नहीं

वह कहती भी थी मंज़िल पाकर वह
क्या करेगी, उसे तो चलना है

तब क्या हमारा
एक-दूसरे को पा लेना
मंज़िल पा लेना नहीं है
जब मैं उससे पूछता

वह कहती मैं तुम्हें
उस मंज़िल की तरह
जिसमें रह जाऊँ मैं बैठकर
नहीं पाना चाहती

मैं तुम्हें उस रास्ते की तरह
पाना चाहती हूँ
जिस पर सदा चलती रहूँ मैं

उस रास्ते की तरह जिस पर
न मैं तुम्हारी मंज़िल होऊँ और न तुम मेरी।

कला-भारती*

तुम सरकार थीं तो उन्हें आसानी से मिल गयी
कला-भारती की उपाधि

तुम सरकार थीं तो तुम्हारे लिए आसान था
कला पर सोचने की जगह बोलना

और तुम्हारे लिए उससे भी आसान था
कलाकार से अपने पैरों में जूते पहनाने को कहना

हाय, बस इतना ही तो कहा उसने
मैं सब कलाओं में पारंगत एक कलाकार हूँ
और तुमने कलाकार के सरकार को
जूते पहनाने को कला बना दिया

मगर यह क्या कि जूते की जगह
अपनी कला और अपना कलाकार होना
सबके आगे पटककर उसने ख़ुद को भी
कला और कलाकार होने से मुक्त कर लिया

---

* कला-भारतीः जयचन्द्र की पत्नी सुहाग देवी कला-मर्मज्ञ होने की वजह से जिसे कला भारती कहा गया। जिसने कला के नाम पर हर्ष नामक कलाकार से अपने पैरों में जूते पहनाने को कहा और वह अपनी कला और भूषा छोड़कर चला गया।

कला-भारती जिन-जिन ने भी तुम्हें
यह चाँद-सी उपमा दी, मुझे उन पर सन्देह होता है
और होता है इस बात पर आश्चर्य
कि सरकार के लिए कोई उपाधि
हासिल कर लेना होता है कितना आसान।

बयान

चिल्ला-चिल्लाकर पहले उसने उस स्त्री को
रण्डी, कुलटा, छिनाल, कुतिया और पतिता कहा

फिर उसने उसे ठिगनी, काली, बदसूरत, मूर्ख,
अपढ़ और बेशऊर कहते हुए,
उसके बाल पकड़कर उसे धरती पर पटक दिया

फिर उसने उसके जिस्म से उसके कपड़े
उतारकर उसे नंगा कर दिया, उसके बाद उसने
सबके साथ उसके संग ज़बरदस्ती की

इस तरह उसने उस स्त्री के बारे में
अपना बयान पूरा किया

और आख़िर में उसने अपने इस बयान के लिए
उस स्त्री से माफ़ी माँग ली।

ख़बर

ख़बर मेरी नजर पकड़कर रोकती है
कहती है मेरे उजली होने पर भरोसा मत करो

तुम्हें क्या लगता है मैं अपनी जगह से
सीधे उठकर तुम्हारे पास चली आयी हूँ,

नहीं, अब अपने ठिये से मेरे
सरकने तक पर कड़ी निगरानी है

जिन पैरों से चलकर मैं तुम तक पहुँचती थी
उन्हें उन्होंने पेट से बाँध दिया है

अब मैं जिन पंखों के सहारे उड़कर
तुम तक पहुँचती हूँ, वे अब बोझिल हैं
और जिस ख़ूब छनी आवाज़ में
मैं तुम्हें देती हूँ सुनाई वह भी भोंथरी

ऐसे में मुझ पर बस तुम्हारा अविश्वास ही
उन्हें हरा सकता है

मुझे बस उनकी होने से बचा सकता है।

किसान

इन दिनों उसके पास रहो
उसे अपनी आँखों से दूर नहीं होने दो

उसका उदास हाथ अपने हाथों में ले लो
उसकी हताश चाल में मिला दो अपनी चाल

उसके दिमाग़ से उस फन्दे को खोल दो
जिसे वह भीतर-ही-भीतर बुन रहा है

उस रास्ते में हाथ जोड़कर खड़े हो जाओ
जो उसे रेल की पटरियों तक लेकर जाता है

घड़ी के काँटे से भी तेज़ गाति से
मौत की तरफ़ भाग रहा है किसान इन दिनों

वो तब तक नहीं रुकेगा जब तक
हम अपनी परोसी हुई थाली में
उसे पकड़कर खाने के लिए नहीं बिठा लेंगे

अरे देखो, आधी रात घर से
वह चुपचाप कहाँ जा रहा है?

सैनिक-व्यथा

यदि आप देश के भीतर दुश्मनों की तरह लड़ेंगे
तो मैं देश की सीमा पर दुश्मनों से कैसे लड़ पाऊँगा

उस पार का दुश्मन मुझ पर गोलियों के साथ-साथ
जब अपनी ज़ुबान चलाते हुए कहता है
पहले अपना घर तो ठीक कर लो फिर हमसे लड़ना
मैं भले ही उसे गोली से ढेर कर देता होऊँ
मगर मुझे ढेर करने के लिए उसकी ज़ुबान ही काफी होती है

क्या कोई मुझे बतायेगा जिस मुस्तैदी से मैं
सीमा की रक्षा के लिए तैनात रहता हूँ
क्या कोई उतनी ही मुस्तैदी से देश के भीतर
तैनात रहता है मेरे परिवार की रक्षा के लिए

मुझे नहीं लगता कि दंगों में एक-दूसरे के
घर जलाते समय आप मेरे घर को सैनिक का घर कहकर
जलाने से छोड़ देंगे, मेरे भाई की जान
सैनिक का भाई होने की वजह से बख़्श देंगे

धार्मिक नारे लगाते हुए देश के भीतर आपस में
लड़कर आप मरते हैं और आपके लिए मैं,
मगर धर्म कहीं नहीं मरता, मेरे कानों तक पहुँचती
इन नारों की गूँज कब से मेरा ईमान डिगा रही है।

कृत और अय*

चौसर की तरह बिछे सारे देश पर
अब जीत सिर्फ़ उसकी है

चौसर पर ख़ुद को कृत की तरह फेंककर
उसने विपक्ष की किस्मत में ही नहीं
खेल के भाग्य में भी पराजय लिख दी है

अपने को खेल का घाघ मानते आये
सारे अय उसमें समा गये हैं

चलने के लिए चौसर पर कोई अय
अपने पैर ढूँढ़ता है, देखने के लिए
कोई अपनी आँखें, टटोलने के लिए
कोई अपने हाथ खोजता है तो कोई
सुनने के लिए कान अपने

अब चौसर के हर कोने में
बस कृत के नाम का शोर
और कृत के नाम का ज़ोर है

अब कृत ही खेल है खेल ही देश है
देश ही चौसर है और चौसर ही कृत
अय में तब्दील नागरिक कृत में समाहित है।

---

* कृत और अय : जुए के खेल में मुख्य पाँसा कृत कहलाता है, और जब वह खेल में उतरता है, सारे पाँसें, जिन्हें अय कहा जाता है, उसमें समा जाते हैं।

मुआवज़ा

पगडण्डी पर चलते हुए एड़ी में
छुपकर चुभ जाने वाले
काँटे का क्या मुआवज़ा हो सकता है

आलथी-पालथी तोड़कर उठते हुए
कुरते में लग जाने वाली
मिट्टी का क्या मुआवज़ा हो सकता है

रात-रात भर जागकर की जाने वाली
देखभाल और चिड़ियों से
अपने पेट का भरना बचाये रखने का
क्या मुआवज़ा हो सकता है

हो सकता है, हो सकता है
हर एक का मुआवज़ा हो सकता है
सुनाई देता है

आँसुओं का मुआवज़ा
उनका सूख जाना हो सकता है

ज़मीन का मुआवज़ा उसमें
दफ़्न हो जाना हो सकता है

झाउछम्ब-1

जिन्होंने मेरी ज़मीन
अपने नाम लिख ली
वे मेरे दुश्मन हैं

जिन्होंने मुझे मेरे ही
घर से खदेड़ दिया
मैं उन्हें नहीं छोड़ूँगा

जिनकी वजह से
मैं फिर रहा हूँ मारा-मारा
मेरी लड़ाई उनसे है

जिनके कारण
मैं दाने-दाने को मोहताज हूँ
मैं उन्हें मार डालूँगा

मैं झारखण्ड उड़ीसा, छत्तीसगढ़,
मध्य प्रदेश और पश्चिम बंगाल हूँ।

झाउछम्ब-2

मेरी लड़ाई तुमसे नहीं है, जिनसे है
वे मेरे सामने नहीं आते हैं
मुझसे लड़ने तुम्हें भेज देते हैं

तुम उन्हें बचाने मुझसे लड़ते हो
मैं .खुद को बचाने तुमसे लड़ता हूँ

उनको बचाने तुम तो
बस मुझसे लड़ते हो
क्या तुम जानते हो
.खुद को बचाने के लिए
मैं किस-किस से लड़ता हूँ

तुम मुझसे लड़कर मारे जा रहे हो
मैं तुमसे लड़कर मारा जा रहा हूँ
आपस में हमारी लड़ाई नहीं कोई

मुझे अपने लिए लड़ना है
मुझे तुमसे भी लड़ना है।

उस पार

तुम कितने बड़े घर में रहते हो
तुम्हारे पास कितनी गाड़ियाँ हैं

तुम कितनी बिजली जलाते हो
पेट्रोल का कोई हिसाब ही नहीं

तुम्हारे घर कितने फल आते हैं
कितना खाना बरबाद करते हो

घर में नोट गिनने की मशीन है
ज़मीन-जायदाद के काग़ज़ात है

सड़क के उस पार खड़े रहकर
घर की तरफ़ देखता हूँ तुम्हारे

मेरा हाथ जेब में बीड़ी के साथ
पड़ी माचिस पर चला जाता है।

थकान

थकान मेरे पैरों में घिसट रही है
मेरी ज़ुबान में लड़खड़ा रही है
मेरी पलकों में हो रही है बोझिल

जीत में मिली थकान को
ख़ुशी लपककर चाट चुकी है

प्रतीक्षा से उपजी थकान को
प्रेम ने बाँहों में भर लिया है

इतिहास में सुस्ताती थकान
विवादास्पद बना दी गयी है

चलना शुरू करने जितनी नहीं
रोना शुरू करने जितनी पुरानी
कल की थकान मेरे कल में उतर रही है।

ग़ुस्सा

समझदार हैं वे लोग जिन्होंने
अपने ग़ुस्से को पालतू बना लिया है
बाँध दिया है उसके गले में पट्टा

एक मैं हूँ जो अब तक अपने ग़ुस्से
के लिए, कुछ नहीं सोच पाया हूँ
वह है कि मेरी नाक पर हरदम
अपने सींग ताने तैयार रहता है

क्या करूँ लोग जिनसे बचकर
चले चलते हैं नज़रें झुकाए, उन्हें देखकर
मैं ग़ुस्से से भर उठता हूँ

जिन्होंने सबका जीना बस इसलिए
दूभर कर रखा है कि कोई उन पर
ग़ुस्सा ही नहीं करता
जिन पर ग़ुस्सा करते देख
कहा जाता है मुझसे
इतना ग़ुस्सा ठीक नहीं

आप उन्हें देखिये फिर मुझे बताइये
क्या उन पर मेरा ग़ुस्सा ठीक नहीं है।

अजवा[1]

ज़िन्दगी यदि .ख़ुद में जंग-ए-बदर[2] है
तो उसमें .ख़ुद के दोनों हाथ
चमचमाती हुई तलवारों की तरह हैं

सीना ढाल है झेलता हुआ
वार-पे-वार लगातार, और सिर तो
सीधे-सीधे शिरस्त्राण है ही
चौकन्ना चारों ओर, दोनों पैर
घोड़े और रथ के पहिये एक साथ

और दिमाग़ वह मैदान
जिसमें लड़ी जा रही जंग लगातार

इसमें दिन और रात भर के लिए
सूरज और चाँद अजवे हैं दो।

---

1. अजवा : जंग-ए-बदर में लड़ने वालों को एक सेहरी और एक अफ़तार के लिए दिये जाने वाले खजूर।
2. जंग-ए-बदर : एक ऐतिहासिक युद्ध जिसकी इस्लाम में उल्लेखनीयता है।

गिलोटिन यन्त्र

यन्त्र होने से पहले वह धातु था
जैसे मकान होने से पहले वह लोहा होता है
धीरे-धीरे वह धड़कने लगता है
चलने लगती है उसकी साँस
गिलोटिन यन्त्र के साथ यही हुआ

शुरू-शुरू में तो वह असमंजस में रहा
मगर जैसे-जैसे गरदनें कटने
लायी जाने लगीं, उस पर लगातार
रक्त की चिपचिपाहट करने लगी उसे परेशान

बेज़ुबान की भी ज़ुबान होती है
बाद में यह होने लगा
एक चीख़ गरदन कटने वाले की निकलती
तो एक उसकी

मगर जब उसे गढ़ने वाले
डॉ. गिलोटिन* की गरदन कटने के लिए
उस पर लायी गयी, उसके मुँह से
चीख़ की जगह किलकारी फूटी

बन्दूकें जिसके कहने पर बनती हैं
एक रोज़ उसी पर तनती हैं।

---

* डॉ. गिलोटिन—फ्रांसीसी राज्य-क्रान्ति के बाद के उथल-पुथल के दौर में आरोपों की पड़ताल हेतु त्वरित अदालतों की स्थापना की गयी जिसमें आरोपितों की गरदन काटने हेतु डॉ. गिलोटिन नाम यन्त्र की स्थापना की गयी। बाद में वही यन्त्र डॉ. गिलोटिन की गरदन काटने के काम आया।

बम्बई

चिट्ठी पर पता लिखने के बाद आख़िरी में
जब शहर का नाम लिखता हूँ
मुझे उसका पुराना नाम याद आता है

शहर जो सदियों इस नाम से उठा सोकर
धड़का लोगों के दिलों में छुप-चुप
तेज़ धार-सा तमाम आँखों में रहा तल्ख़

इच्छाएँ और उपेक्षाएँ दोनों कहे-बिना कहे
निकलीं तो सीधे पहुँची किनारे इसके
और नावों की तरह यहीं गयीं ठहर

इसमें कई ज़ुबाने अब भी जिन्होंने
नहीं लिया आज तक इसका नया नाम
नाम बदलने वाले इसके करते रहे दावा
चप्पे-चप्पे से पुराने नाम को पोंछ देने का

तुतलाते हुए मैंने इसके नाम के साथ पुराने
बिताया अपना बचपन बात-बात पर
चिल्लाते हुए ग़ुस्से में हुआ किशोर

काँच के आगे काटते हुए मूँछ से अपनी
सफ़ेद बाल एक दिन कहा गया मुझसे यह
कि सँभालो आज से इसका नया नाम।

भारत भवन

भारत के मालिक कोई और हैं जैसे,
भारत भवन के भी मालिक हैं कोई और

जिस तरह वोट देकर कोई
मालिक नहीं हो जाता भारत का
भारत भवन की पेटी में भी डालकर
अच्छा-अच्छा या बुरा-बुरा
आप मालिक नहीं हो सकते इसके

भारत के मालिकों की तरह
भारत भवन के मालिक शुरू से ही
मालिक हैं इसके, आपको लगता होगा
आप भी हो सकते हैं इसके मालिक

इसके मालिक के अलावा कोई और
नहीं हो सका इसका मालिक अब तक
इससे दूर रहकर भी इसके मालिक
इसके मालिक बने रहे

भारत के मालिक जैसे अपनी छायाएँ
छोड़ते जाते हैं अपनी शक्ल में
भारत भवन में भी कुछ शक्लों ने
मालिक की छाया ओढ़ ली .खुद पर

छायाएँ जो अपनी नाक पर चश्मा चढ़ाये
कृष्ण-पक्ष होते हुए भी ख़ुद को
शुक्ल-पक्ष बतातीं इसका, इसके
बहिरंग-अन्तरंग में मिलेंगी विचरती

जिस तरह भारत के ग़ुस्से से
भारत के मालिकों की पहचान नहीं
भारत भवन के मालिकों को भी अपनी
भारत भवन पर जकड़न नहीं सताती।

मेरे पास

मेरे पास एक प्राचीन खण्डित मूर्ति है
मेरे पास एक धर्मग्रन्थ की अधजली प्रति है
मेरे पास एक दूषित किन्तु पवित्र नदी है
मेरे पास एक पूज्यनीय पशु-माँ है

मुझे अब कोई पीछे लौटने से नहीं रोक सकता।

सबूत

जिनके तलों पर ख़ून चिपका है
वह चप्पलें मेरी हैं, उनके निशान छोड़ता
मैं ही यहाँ तक आया हूँ

अपनी तीलियों की टकराहट पर वह माचिस
मेरी जेब में खनक रही है, जिसकी आग से
उठा धुआँ मेरी साँसों में टहल रहा है अब भी

उस शिखर से लगातार दोहराया जा रहा
वह बयान मेरे ही गले की ग्रन्थि है जिसमें हत्या
और उन लपटों को ठहराया जा रहा है जायज़

मुझे अपने ख़ुद के मनुष्य होने के ख़िलाफ़
और कितने सबूत चाहिए।

चाहत

किसी और ने नहीं अपने धर्म को यह अधिकार
मैंने ही दिया है कि वह जब चाहे
सूखी लकड़ी की तरह झोंक दे मुझे आग में

अपनी तलवार से किसी पशु की
गरदन की तरह काट दे वह मेरा भी गला
और मेरा ख़ून बहा दे नालियों में

उस पिंजरे में जाकर मैं ख़ुद ही बैठा हूँ
जिससे बाहर निकलकर उड़ने की सोचना
अपने आपसे घृणा करना है

अपनी क़ीमत पर अपने धर्म को
अपना मालिक बनाकर मैं बहुत ख़ुश हूँ

मैं अपने मालिक को दुनिया के
सब मालिकों में सबसे ऊपर देखना चाहता हूँ

मैं चाहता हूँ कि मेरे मालिक के पास
मेरी तरह अपनी ज़िन्दगी से खेलने का अधिकार
सौंप देने वालों की संख्या भी सबसे ज़्यादा हो।

इच्छा

कैसी इच्छा है ये

जो धर्मान्धता को उत्थान मानती है
और कट्टरता को संस्कृति

पुनरुत्थान की सामूहिक उत्तेजना में पगलायी
ये इच्छा बौखलाते हुए कहती है

नासमझ है वे जिन्हें लगता है
वे मेरी ज़ुबान पर लगाम कस देंगे
मेरे अँधेरे दिमाग़ में
एक कविता जलाकर रख देंगे

वे जो मेरी अन्ध आस्था की
पराकाष्ठा के आगे
तनकर ही खड़े रहते हैं
वे जो उन्माद के आगे झुकी
मेरी रीढ़ के पीछे ही पड़ रहते हैं

कैसी इच्छा है ये
जो अपनी आँख के आँसू से डरती है
अपने पैने नाख़ूनों पर मरती है।

सम्मान

आप मुझसे मेरा ईमान माँग रहे हैं

आप चाहते हैं मैं अपना हौसला आपको सौंप दूँ

मैं गुस्से में आकर अपना ग़ुस्सा
आपके आगे पटककर चल दूँ
और आप उसे तुरन्त उठा लें

आपकी नज़र मेरे जुझारूपन पर टिकी है
और आप चाहते हैं मैं उसे
बस आपके कहने पर गँवा दूँ

जबकि इनमें से मैंने आपसे कुछ नहीं लिया
जो मैंने आपसे लिया, उसे मैंने आपको लौटा दिया।

हम तब भी

हम तब भी हत्यारे को हत्यारा कहेंगे
बलात्कारी को बलात्कारी

हम तब भी धर्मान्ध को धर्मान्ध कहेंगे
साम्प्रदायिक को साम्प्रदायिक

हम तब भी गुज़रात को गुज़रात कहेंगे
नरसंहार को नरसंहार

हम तब भी बाहुल्य को बाहुल्य कहेंगे
पाखण्ड को पाखण्ड

हम तब भी फन्दे से नहीं डरेंगे
हम तब भी अपनी गरदनें तैयार रखेंगे।

डर

कभी ख़त्म न होने वाली गिनती की तरह हैं वे
और गिनकर उँगलियों पर ही
ख़त्म हो जाने वालों मे से एक मैं

मैं तब भी उनसे नहीं डरता

उनकी बन्दूकों में जितनी गोलियाँ हैं
उनके आगे मैं अपनी हथेलियों को ज़्यादा देर
ढाल नहीं बना पाऊँगा

उस बाढ़ में जिसमें
लगातार पानी की तरह बढ़ रहे हैं वे
मैं कितना तैर पाऊँगा
मेरी साँसें कितनी दूर तक मेरा साथ
दे पायेंगी, मैं नहीं जानता

मैं उनसे नहीं डरता
यह जानकर वे मेरा क्या हाल करेंगे
मुझे इस बात का कोई डर नहीं

मुझे डर है तो बस इस बात का
यदि मैं उनसे डर गया तो मेरे भीतर मेरा क्या बचेगा

मैं जिस ज़िद में रहता हूँ, उसे बाहर कौन रचेगा।

इतिहास

इतिहास के शरीर से
पुराने उतारकर
उसे पहनाये जा रहे हैं
नये कपड़े

उसकी आँखों पर
चढ़ाया जा रहा है
चश्मा नया

उसके सफ़ेद बालों पर
किया जा रहा है
ख़िज़ाब

उसके हाथ से छीनकर
दूर फेंक दी गयी है
उसकी लाठी

आगे बढ़ने के लिए
उसके हाथों में
अब त्रिशूल है

सब बदला जा रहा है

सब बदले की ओर जा रहा है।

एक कट्टर हिन्दू फ़रमान

हमारे पास बचाने को कुछ नहीं था
न हौंसले, न हक़, न हथियार
हम किसके लिए मुग़लों से लड़ते

हम शूद्र थे और हिन्दू होने के बावजूद
इस विपरीत समय में भी
एक कट्टर हिन्दू फ़रमान के शिकार थे

एक ऐसा फ़रमान जिसके चलते
हमारे गाँवों से गुज़रतीं मुग़ल फ़ौजों के
हमारे गाँवों के कुओं से पानी पीते ही
हम मुसलमान हो जाते

पता नहीं तब हमारे गाँवों से गुज़रतीं
मुग़ल फ़ौजें हमें मुसलमान बनाना
चाहती भी थीं या नहीं
मगर इतना तय था
कि फ़रमान जारी करने वाले ज़रूर
छुटकारा पाना चाहते थे हमसे

यदि फ़रमानी ऐसा नहीं चाहते होते
तो वे कभी जारी नहीं करते ऐसा फ़रमान
और मुग़लों के हमारे गाँवों के कुओं से

पानी पीकर गुज़र जाने के बाद अपने बीच
हमारे वापस लौटने के रास्ते रखते खुले

अब आप ही बतायें
तब सैकड़ों गाँवों में बसे हमें
मुसलमान बनाने वाला कौन था
कोई कट्टर मुसलमान
या कट्टर हिन्दू फ़रमान।

राष्ट्रवाद

एक राष्ट्र के लिए राष्ट्रवाद से बुरा कुछ भी नहीं
उन्नीस सौ चौरासी को ही लें
जिसमें सिखों के विरूद्ध दंगों में
'हम सब' राष्ट्रवादी थे

एक बड़े राष्ट्र के ऐसे राष्ट्रवादी
जो राष्ट्र के भीतर उभर रहे
एक छोटे राष्ट्रवाद के
तथाकथित नागरिकों की निर्ममता से
दाढ़ियाँ नोच रहे थे, जला रहे थे
उनके घरों के साथ-साथ उन्हें भी ज़िन्दा

बड़े राष्ट्रवाद के टूटने के डर से
छोटे राष्ट्रवाद को सबक सिखाते
हम राष्ट्रवादी घोंटने में जुटे थे
उन्हीं की रंग-बिरंगी पगड़ियों से
उनके गले, उन्हीं की तलवारों से बेधने में
मशगूल थे उनकी छातियाँ,
भोंकने को थे तत्पर
उन्हीं के पेटों में उनकी कृपाणें

उन्नीस सौ चौरासी को लेकर
राष्ट्रवाद के इस हमाम में

हम सब नंगों के मुँह अब तक
बस इसीलिए सिले हैं
क्योंकि तब सिखों को
राष्ट्रवादियों के हाथों में ही
सबसे ज़्यादा हथियार मिले हैं

अपने ही पेट को चीरकर
अपना ही ख़ून पीना चाहता
राष्ट्रवाद बड़ा हो या छोटा
दोनों ही स्थितियों में उसके दाँत
और नाख़ून बहुत पैने होते हैं।

लेखक की राजनीति

लेखक की राजनीति में गहरी रुचि होती है
उसकी राजनीति में शब्द उसकी ताकत
और किताबें उसकी प्रचार-सामग्री होती हैं
वाचनालय तो उसके शुरू से ही
चुनाव-कार्यालय रहे हैं

वह जो लिखता है वह उन्हें अपना
भाषण कहता है, जनता जिस पर विश्वास
और सत्ता जिस पर अविश्वास करती है

वह सत्ता के ख़िलाफ़
हर चुनाव में खड़ा होता है
और वह हर बार उसे पराजित कर देता है
सत्ता लेखक से हार-हारकर थक गयी है

सत्ता की राजनीति लेखक की
राजनीति से बहुत डरती है।

मूक-बधिर बच्चे

एक-दूसरे से बतियाती उनकी तेज़ भंगिमाओं से
उठता शोर, गूँज रहा है मेरे कानों में
सभागार में भले ही छाया हो सन्नाटा

एक मैं हूँ जो आपको ठीक-ठीक बता सकता हूँ
सरकारी अभियान में मन्त्री जी को दिखाने
स्कूलों से ढो-ढोकर लाये गये
इन मूक-बधिर बच्चों की मुद्राएँ
क्या-क्या कह रही हैं एक-दूसरे से

वे चार युवा लड़के सभागार के कोने में खड़े
बार-बार अपने पेटों पर मारते हुए धौल
पूछ रहे हैं एक-दूसरे से, क्या यार
अब तक खाने-पीने का कोई इन्तज़ाम नहीं
अपन तो इसलिए आये हैं, याद करें हम भी
कहीं फँस जाने पर अकसर
इसी तरह बिना बोले आपस में पेट-पूजा की पूछते हैं
एक-दूसरे से, लेकिन उस वक़्त इन मूक-बधिरों की
मुद्रा-भाषा का करते हुए उपयोग इनके लिए
कोई दर्द नहीं उभरता हमारे भीतर

वे तीन लड़कियाँ लिये हुए अपने-अपने हाथों में रूमाल
खड़ी हुई दीवार से टिकाये हुए अपनी-अपनी पीठें

खोज रहीं जो अभी तक तो थे यहीं
उन्हें ताकते लगातार कहाँ ग़ायब हो गये वे अचानक
बिल्कुल हमारे बीच की लड़कियों की तरह
एक़दम कुछ कह पाना यहाँ भी सम्भव नहीं
यहाँ भी मामला सीमित ताकने तक ही
लेकिन हमारे पास तो फिर भी बोली के साथ-साथ
कहने के लिए होती भंगिमाएँ लेकिन कितने कम ये
कि इनके पास कहने के लिए मुद्राओं के अलावा
कुछ नहीं और उस पर मामला प्रेम और विस्तार का

वह छोटे-छोटे लड़के-लड़कियों का झुण्ड
जल्दी-जल्दी आपस में कर रहा एक-दूसरे से
निःशब्द बातचीत, जैसे एक छोटी लड़की
कह रही दूसरी से क्या करूँ धुल ही नहीं पायी थी
इसीलिए चली आयी मैली ड्रेस पहनकर
मम्मी बीमार हैं न घर पर
एक दोस्त दूसरे से कह रहा पाँच रुपये हैं
मेरे पास, चल, चुपचाप बाहर कुछ खाने चलें
एक छोटे से लड़के ने चुपके से खींच दी
सामने मंच की ओर देख रही लड़की की चोटी

कुछ तो आपस में करते हुए छेड़खानी मज़ाक़
हँस रहे ज़ोर-ज़ोर से, उनकी हँसी
सभागार में फैले मूक-बधिर बच्चों के साथ-साथ
सुनाई दे रही मुझे भी, एक तो कार्यक्रम में लेट होते जा रहे
मन्त्री की नकल कर-करके हँसाये जा रहा सबको
उन्हीं में से एक ने उसे टोका
क्या यार! इतनी ज़ोर से हँसा जाता है
देखो, वो सर देख रहे हैं सब-के-सब पिटोगे

सभागार में इन बच्चों पर नज़र रखते शिक्षक
जिनमें से कुछ इन्हीं की तरह मूक-बधिर
उनके हाथों से यहाँ भी डण्डे
और बच्चो में यहाँ भी डण्डों का भय
इस मामले में कुछ भी अन्तर नहीं
हमारे और इन मूक-बधिर बच्चों की दुनिया में

इनके बारे में एक बात और वह यह कि
इन मूक-बधिर बच्चों की आवाज़ें
चीखें, चिल्लाहटें और शोर
ऐसा नहीं कि यह गूँज रहा हो
बस इस सभागार में
और सुनाई दे रहा हो बस मुझे ही

दुनिया भर की पहाड़-सी दया को जीभ चिढ़ाता
इनका यह शोर इस सभागार से होकर
फैल रहा है पूरी पृथ्वी पर।

पहचान

यदि आपको मुझसे ठगे जाने का दुख है
तो फिर सोचिए, क्या वाकई
मेरी और आपकी पहचान एक है

यदि आपको मेरे दिये धोखे को खाने का
कोई पछतावा है तो इसका मतलब
आप और मैं एक नहीं हैं

यदि आपके मन में आपको दिये
मेरे चकमे पर खीज है तो सच कहूँ
मेरे होते हुए भी आप
मज़बूत होने लायक़ नहीं हैं

पहली बार यह क्या कम है कि
मैं बस आपका हूँ और आप बस मेरे।

कविता

वे अपने ख़िलाफ़ लिखी कविता पढ़ते हैं
और उसे एक तरफ़ उठाकर रख देते हैं

वे सोचते हैं उनके विरुद्ध इतनी सही कविता
और कोई हलचल नहीं कहीं
किसी को होश नहीं ज़रा

वे मुस्कराते हैं कविता के इतने
प्रतिवाद के बाद भी हम इतने महफ़ूज़

कविता पढ़कर तिलमिलाने के बावजूद
वे अपने आपसे कहते हैं क्या ज़रूरत है
कि इस कविता की बात की जाये

या फिर कविता की ही बात की जाये।

मत्स्य-न्याय*

चिड़िया के हिस्से का आकाश
बाज़ की आखों में दर्ज है

हिरण के हिस्से का जंगल
बाघ के पंजों में क़ैद है

नदी के हिस्से का पानी
समुद्र की बही में बढ़ रहा है

मेरे हिस्से की रोटी
पच रही है किसी और पेट में

यह अन्याय है, अन्याय है
नहीं यह मत्स्य-न्याय है।

---

* मत्स्य-न्याय : जिसमें छोटी मछली बड़ी मछली को खा जाती है।

घोंसला

बहत-सी कविताएँ मुझमें रहती हैं
उन्होंने मुझमें अपना घोंसला बना रखा है

वे दूर-दूर से शब्द बीनकर लाती हैं
और उन्हें मेरे अन्दर रख जाती हैं

वे तमाम सारे सुख-दुख भी लाती हैं
और उन्हें भी सौंप जाती हैं मुझे

वे मेरे भीतर मरती भी हैं
और लेती भी हैं जन्म

वे आकाश में एक-साथ उड़ती हैं और
इकट्ठा चहचहाते हुए मुझे कवि कहती हैं।

□□